CW00797180

Le chat assassin tombe amoureux

ISBN 978-2-211-22284-6

Anne Fine

Le chat assassin tombe amoureux

Illustrations de Véronique Deiss
Traduit de l'anglais par Véronique Haïtse

Mouche
l'école des loisirs
11, rue de Sèvres, Paris 6e

1

Blablabla

Je sais, personne ne va me décerner la médaille du chat le plus patient. Mais vous avez déjà été de mauvaise humeur, non ? Je faisais la sieste sur le lit, tranquille, et Ellie arrive.

— Oh, Tuffy ! Tuffy !

Elle se précipite sur moi, me chatouille le ventre.

— Oh, Tuffy, je t'aime tant ! J'aime ta douceur, ton pelage soyeux, tes oreilles adorables, et j'aime tes petites pattes, et j'aime aussi…

Blablabla. Et elle aime ceci, elle aime cela.

Pourtant, ce matin, tout était très différent. J'étais allongé dans la gouttière du garage, bien en hauteur pour ne pas me faire repérer par cet étourneau, dans la haie. J'étais là depuis des heures, mal installé. (Cette satanée boule de plumes sautillante prend un temps fou pour ne plus être sur ses gardes.) Le père d'Ellie (Monsieur Peut-Être-Que-Je-Réparerai-Ça-Le-Week-End-Prochain) a laissé cette gouttière dans un état épouvantable : inondée et pleine de brindilles pourries et pointues.

Je vais bientôt bondir… Je le sens. J'attends que la mère d'Ellie sorte avec sa tartine de pain brûlé, que les voisins étendent leur linge, que la dernière goutte de la douche d'Ellie disparaisse dans le tuyau d'évacuation…

Le compte à rebours touche à la fin. Cinq, quatre, trois, deux…

La fenêtre de la salle de bains s'ouvre…

– Tuffy ! Que comptes-tu faire ? Il n'en est pas question !

Je lance un regard à Ellie qui veut dire : « Merci beaucoup. Tu m'expliques pourquoi tu t'occupes de ma vie plutôt que de la tienne ? »

Ce satané étourneau en profite pour se réfugier en haut d'un arbre et me narguer d'un petit gazouillis. (C'est bon, je sais, les étourneaux ne gazouillent pas. Et c'est plutôt un ricanement qu'un cuicui.)

J'abandonne.

Ensuite, on aurait pu croire à un véritable drame. Ellie s'est précipitée dans le jardin, en chemise de nuit, et

si elle avait eu sous la main les bandes jaunes des policiers pour sécuriser une scène de crime, elle aurait entouré la haie avec.

— Tuffy, viens ici tout de suite ! Tu es méchant !

Oh bouh !

J'emprunte le toit du garage, pour filer rue des Acacias, retrouver ma bande. Il fait un peu froid, je ne reste pas longtemps. Snowball et Tiger jouent dans le jardin de Pusskins. Je n'aime pas trop traîner par là, les cris plaintifs des enfants quand vous ne vous laissez pas caresser me tapent vite sur les nerfs.

La mère d'Ellie m'attend. À l'instant où je franchis la porte, elle me prend dans ses bras.

— Qui c'est qui n'est pas un gentil chat ?

Elle me gronde en me chatouillant le menton.

— Qui c'est qui n'a pas été gentil avec le joli oiseau perché dans le jardin de maman ? Qui c'est qui va très vite changer ses horribles manières ou maman ne l'aimera plus ? Non, maman ne l'aimera plus !

Oh, double bouh ! Je n'en peux plus de cette hypocrisie. À quoi bon avoir un chat si la seule chose qui vous intéresse c'est qu'il soit gentil, qu'il ne sorte jamais, qu'il ne vive pas sa vie de chat ?

Vous devriez choisir un coussin pour animal domestique.

Vous pourriez aussi vous amouracher d'une chaise.

Alors, vous comprenez mieux pourquoi j'ai eu un peu de mal quand Ellie est venue me murmurer ses compliments gluants. Et qu'elle aime mes poils, mes pattes… Je n'étais pas vraiment d'humeur.

Aimez-moi ! Aimez-moi tout entier, comme je suis. Un point c'est tout.

2

L'amour, c'est pour les nuls

D'accord, d'accord. Frictionnez-moi avec de la confiture et enfermez-moi dans une boîte avec des guêpes. J'avoue, j'ai été indélicat.

J'expose mon point de vue à Tiger et Bella.

– Aimer ! Je ne peux plus entendre ce mot. J'en ai plus qu'assez de cette idée d'aimer (j'accompagne mon commentaire d'un haussement de patte.) L'amour, c'est pour les nuls.

Bella se penche vers moi et bat des paupières.

— Oh, Tuffy, Tuffy ! Mais qu'est-ce que tu racontes ! On sait tous que l'amour fait tourner le monde.

— N'importe quoi ! Si le monde tourne c'est parce que quand il s'est détaché du soleil, il s'est mis à tournoyer comme un dératé et que depuis, il tourne à jamais.

— Merci beaucoup pour cette mini-conférence, me répond Bella, vexée et sur le départ.

Je me tourne vers Tiger.

— Ça sent le roussi.

Tiger hausse les épaules.

— C'est parce que Bella est amoureuse.

Je n'en crois pas mes oreilles.

— Hachez-moi menu et faites-moi mijoter avec des oignons ! Bella ? Amoureuse ? De qui ?

— Jasper.

Je suis stupéfait.

— Jasper ! Cet horrible matou qui traîne impasse Hugget ? Ce n'est pas possible !

— C'est pourtant la vérité.

— Tu en es sûr ? Comment elle peut être amoureuse de cette brute à six doigts ?

— Elle dit qu'il a la classe.

— La classe ? Beurk !

Tiger regarde par-dessus son épaule pour être sûr que Bella n'entend pas. Et il ajoute :

— Elle dit qu'il est cool.

— Cool ? Un gars avec un seul

œil, une oreille déchirée et des poils en moins ?

— Bella dit que tout va repousser.

— Son œil, sûrement pas !

— Non, ses poils…

— Oui, jusqu'à sa prochaine bagarre.

Tiger secoue la tête tristement et me confie :

— Toi et moi, nous devons nous faire une raison, Tuffy. Certaines filles n'ont rien contre les gros durs.

— Ce Jasper n'est pas un gros dur, c'est un barbare laid comme un pou.

— Chut !

Tiger lève une patte pour me signaler quelque chose derrière moi.

Je me retourne et… mince…

— Salut Jasper. Comment tu vas ?

Tout roule du côté de l'impasse
Hugget ?

Il ne daigne pas me répondre. Il
crache et il continue sa promenade.

— Tu as vu ? C'est un imbécile et
un voyou. Je ne peux pas croire que
Bella soit amoureuse de lui.

Tiger descend de son mur.

— Pose-lui la question si tu ne
me crois pas.

3

Allô la Terre ? Bella ? Tu me reçois ?

J'ai revu Bella, un peu plus tard dans la journée, de retour sur son mur. Elle ne faisait pas grand-chose. Vous vous demandez peut-être comment je peux en être si sûr. Vous êtes du genre à penser que les chats passent leur journée à ne rien faire. Il est vrai que nous sommes d'une nature plus sereine que les chiens.

Voici mon imitation du chien : « Oh, formidable, ils sont réveillés !

Mon moment préféré ! Fantastique !
Ils me laissent sortir dans le jardin.
Un autre de mes moments préférés.
Oh, miam ! Le petit déjeuner !
Encore ce que je préfère. Oh, je suis
si content ! Monter dans la voiture !
Excellent ! Le parc ! Mon endroit
préféré ! Une promenade ! Toujours
ce que je préfère. Super ! Quelqu'un
me jette une balle ! Mon jeu préféré !
Hourra ! Quelqu'un m'appelle !
Quelle journée divine ! De retour à
la maison ! Mon endroit préféré !
Terrible ! On me gratte les oreilles !
Ce que je préfère ! Merveilleux ! La
nourriture tombe de la table ! Mon
moment préféré… »

Je pourrais continuer comme ça
toute la journée.

Alors oui, nous les chats, plus souvent que les chiens, on est assis à ne rien faire. Mais là, Bella a un regard étrange. Rêveur, je dirais. Mélancolique.

Je m'installe à côté d'elle.

– Alors, c'est vrai ce que m'a raconté Tiger, au sujet de Jasper ?

Vous savez que les chats ne rougissent pas. (Enfin, peut-être sous leur pelage…) Mais je suis prêt à parier un demi-million de dîners tout frais, que si les chats rougissaient, Bella serait écarlate.

– Tuffy, essaye d'être heureux pour moi.

Je la dévisage. (OK, mettez-moi à cuire à petit feu dans un jus de pruneau. Dévisager quelqu'un, c'est impoli, mais je n'en crois pas mes oreilles.)

– Pourquoi ?

– Parce que je suis amoureuse. Parce les étoiles sont plus brillantes et que le monde entier est plus beau.

– Sauf Jasper.

Bella me fusille du regard.

– Qu'est-ce qui ne va pas chez Jasper ?

– Allô ! Allô la Terre ? Bella tu me reçois ? Qu'est-ce qui ne va pas avec Jasper ? Si on met de côté son seul œil, son oreille déchirée, et son manque total de savoir-vivre ?

– Avec moi, il est très gentil.

– Peut-être, mais il vient juste de me cracher dessus, comme ça, sans raison.

– Je pense que quand tu le connaîtras mieux, tu l'apprécieras.

– Peut-être que oui, peut-être que non.

(Je parierais sur le non. Mais je vais pas le dire à Bella ? Non ?)

Je prends mon air le plus innocent, et je lui demande :

– Qu'est-ce que tu lui trouves à Jasper ?

– Il est si courageux et si fort, ronronne-t-elle.

– C'est vrai, Jasper n'est pas une mauviette. On a tous été épatés quand il a tué cet énorme rat, qu'il a jeté tel un boulet de canon dans l'égout des Tanner.

résidence JASPER
2,01 km

C'est vrai qu'il n'a jamais perdu une bagarre. C'est vrai que c'est le seul chat assez fort pour ouvrir la poubelle de madame Nichol. Et je parie que pas un oiseau ne fait son nid à moins de 2 000 mètres de Jasper. Mais ça ne me dit toujours pas pourquoi quelqu'un aurait envie de traîner avec lui ?

Bella fait la moue.

— Tuffy, Jasper est superbe.

— Mais non, il ne l'est pas ! « Superbe », c'est quand ton allure est majestueuse et unique. Comme la mienne ! (Je lève la tête fièrement et je gonfle ma poitrine.) « Superbe », c'est quand ton pelage est brillant et épais. Comme le mien ! (Je lui présente mon meilleur profil.) « Superbe », c'est quand tu as des reflets roux très seyants. Et « superbe », c'est être bien élevé et ne pas cracher sur la première personne qui passe devant toi.

Bella dresse une patte et miaule comme un chaton.

— Qu'est-ce que c'est que ce gloussement ? je lui demande.

— Tuffy, tu ne serais pas un tout petit peu jaloux de Jasper, non ?

Je suis vexé.

— Moi ? Jaloux de ce crétin crasseux et mal peigné ? Je rêve !

— Pourtant, on dirait bien que tu es jaloux. Tiger ! Viens voir ! Tuffy est jaloux de Jasper !

— Je ne suis pas jaloux de Jasper, j'insiste. J'essaye juste de mettre en garde notre douce Bella. Pourquoi irait-elle choisir ce rustre hirsute alors qu'il y a plein d'autres chats magnifiques, bien peignés, bien élevés autour d'elle ?

– Parce que l'amour ça ne marche pas comme ça. Le véritable amour rend aveugle, m'explique Tiger.

Je m'étrangle de rire :

– C'est sûr que Bella est aveugle !

OK, OK, ce n'était pas sympa. Bella est vexée. Et pour la deuxième fois de la journée, elle s'en va, la tête haute.

Je me tourne vers Tiger.

— Tu vois, l'amour, ce n'est qu'un tas d'ennuis. Maintenant, notre meilleure amie est Madame Susceptible.

Tiger secoue la tête.

— Tuffy, tu ne comprends rien. C'est vrai, qu'est-ce qu'un cœur de pierre comme toi peut comprendre à l'amour ?

4

Les pieds dans les vaguelettes de la passion

Qu'est-ce que je peux comprendre à l'amour ? Beaucoup de choses. Ne croyez pas que votre cher Tuffy n'a jamais trempé ses petites pattes poilues dans les vaguelettes de la passion.

J'ai plongé dans l'amour quatre fois.

Mon premier grand amour a été Coco. Merveilleuse et parfaite Coco ! Brune ! Brillante ! Des yeux dorés ! Et l'élégance de sa foulée !

J'étais jeune à l'époque et inex-
périmenté. Chaque fois que Coco
passait près de moi, je faisais comme
si j'étais totalement absorbé par mon
jeu *Le premier qui envoie le coléoptère
dans la bouche d'égout.*

Sans jamais lui parler, je me
contentais de l'adorer secrètement,
depuis notre jardin, juste quelques
maisons plus haut.

Je me souviens de ce triste jour.
Je regardais un vieux film avec Ellie.
Une charmante blonde dansait avec
un sale type, riche et crasseux, en se
vantant qu'il allait l'épouser.

Dans l'orchestre, un beau garçon
qui jouait du luth, les regardait,
malheureux. Ce garçon était si pauvre
qu'il avait fait le voyage dans un

wagon de marchandises pour arriver jusqu'au château.

Un autre musicien entend le jeune garçon soupirer et lui demande pourquoi. Notre héros montre la charmante blonde.

– Je suis amoureux, pleure-t-il, hélas cet homme est riche et je suis pauvre. Comment pourrait-elle être un jour mienne ?

– Viens par là, lui dit son ami, un cœur timide ne remportera jamais une belle dame !

La musique s'arrête, le pauvre garçon attrape la main de la jolie fille et l'entraîne derrière une colonne. Et là, il devient très éloquent ! Il parle des étoiles et de la lune, et de son cœur qui explose. Il lui dit qu'il va

mourir de chagrin si elle l'abandonne.

– Épouse-moi, lui déclare-t-il.
Fuyons ce soir et devenons mari et
femme !

Ellie pleure. Et j'attrape un bout
de son mouchoir fripé pour essuyer
une larme, moi aussi. Je me répète
doucement : un cœur timide ne
remporte jamais une belle. Je vais
être courageux !

Comme la vie est cruelle ! Le
lendemain, je me précipite dans le

jardin de Coco, mais elle est partie. Toute sa famille est partie. Il ne reste qu'une maison vide, une pancarte *À louer*, et trois poubelles qui débordent de vieilles choses.

Je scrute la rue. Et là, un camion de déménagement disparaît dans le virage.

— Ils déménagent à Huddersfield, m'explique Tiger qui me voit agiter la patte dans un *au revoir* désespéré, tu n'étais pas au courant ?

Non, je ne savais pas. Et même après de nombreux mois, mon cœur est encore trop douloureux pour que je puisse penser à Coco.

5

Les droits du chat

Tamara est la suivante dans la liste de mes bien-aimées. Une Persane rayée gris, aux yeux féroces. Je l'ai croisée chez le vétérinaire et mon cœur a bondi. Cela m'a pris sept semaines pour la retrouver. Elle habite les quartiers chics.

Elle dirige une section du mouvement *Les droits du chat*. Ce groupe se réunit tous les soirs. Comme je ne sais pas comment décrocher un rendez-vous avec elle, je décide d'adhérer au mouvement. Je m'assois au milieu du groupe et j'admire le visage grognon de Tamara qui hurle les revendications :

— NOUS, LES CHATS, NOUS VOU-LONS AVOIR LE DROIT DE RESTER DEHORS TOUTE LA NUIT !

C'est une réunion très formelle, donc je lève la patte pour prendre la parole.

— Nous l'avons déjà, j'explique. Les gens qui n'ont pas de chatière, laissent en général une fenêtre ouverte.

— Ça ne va pas, me dit-elle d'un ton agressif, ça ne peut pas être une question de chance, ça doit être un droit !

Elle passe au point suivant sur sa liste.

— NOUS, LES CHATS, NOUS VOU-
LONS AVOIR LE DROIT DE CHASSER
SANS NOUS FAIRE RÉPRIMANDER !

Je tousse poliment dans ma patte
jusqu'à ce que certains se tournent
vers moi :

— Nous l'avons déjà, personne ne
nous oblige à rapporter les trucs
morts pour les montrer à nos maîtres.

Tamara m'ignore et continue sa
liste :

— NOUS, LES CHATS, NOUS VOU-
LONS AVOIR LE DROIT DE GRIMPER
DANS LES MANGEOIRES !

Je commence à perdre patience.

— Qui vous en empêche ? je
demande. (Non mais, c'est une bande
de mauviettes ou quoi ? Ils ont
besoin d'une permission ?)

C'est comme si je n'avais pas parlé.

Tamara continue :

— NOUS, LES CHATS, NOUS VOU-
LONS AVOIR LE DROIT DE RESTER
DANS LES ARBRES AUSSI LONGTEMPS
QUE CELA NOUS CHANTE SANS QUE
L'ON VIENNE NOUS SUPPLIER DE
DESCENDRE OU QUE L'ON SE PRÉ-
CIPITE CHERCHER UNE ÉCHELLE !

Je me sens obligé de donner des
explications :

— Ils essayent seulement de se
rendre utiles, ils pensent que l'on est
coincés.

— Coincés ? (Si un regard pouvait
vous tuer, j'aurais les quatre pattes
en l'air. Tamara est folle de rage.)
Coincés ? Et pourquoi croient-ils que
nous sommes coincés ?

— Parce qu'ils pensent que les chats ont plus de mal à descendre à cause de leurs griffes.

— C'est ridicule, m'interrompt sèchement Tamara. Tu peux me dire combien de squelettes de chats morts de faim tu as déjà vu perchés dans les arbres ?

— Aucun, suis-je obligé d'admettre. Mais pour mémoire, ils sont un peu stupides.

— Ah, et voilà un autre point. NOUS, LES CHATS, NOUS VOULONS AVOIR LE DROIT D'ÊTRE LIBRES, PAS DE LEUR APPARTENIR.

Tout le groupe approuve.

— C'est ça, nous ne voulons pas leur appartenir !

— Pas question !

— C'est injuste !

— Leur appartenir ? Pas question !

— Oui !

Je suis le seul à apporter une note différente à ce chœur joyeux.

— Je n'appartiens à personne. Ils me nourrissent, c'est à peu près tout. Et à bien y réfléchir, je les trouve utiles. Vous les regardez pendant un long moment et ils vous donnent à manger. Après, je suis mon propre chef. Si j'ai envie de sortir la nourriture de la gamelle et de l'étaler salement à côté, c'est mon affaire. Ils ne peuvent rien y faire. Et si vous gardez vos griffes bien acérées, ils ouvriront vite la porte pour que vous n'égratigniez pas leur peinture. Et puis, ils sont confortables pour faire la sieste. Mon Ellie est plus confortable que n'importe quel coussin. Je dors toujours sur elle.

Je ne me suis pas fait des amis avec ma petite tirade, je peux vous le dire. Ils se regardent les uns les autres et demandent :

— Qui est ce provocateur ?

— Qui l'a invité ?

— C'est l'ami de l'un d'entre vous ?

— Il n'a pas l'état d'esprit de notre groupe.

— Il faut lui demander de partir.

Tamara prend les choses en main. Elle me fixe de son regard d'acier et me demande :

— Pourquoi tu es venu ?

Je ne pouvais pas lui dire la vérité.

Je ne pouvais pas lui dire, je suis venu parce que tu es belle et que j'aimerais t'inviter.

Alors, je murmure que je me suis trompé de groupe et que je pensais être à la chorale.

Et je disparais.

6
Tu t'es fait avoir, Tuffy !

La troisième fois où je suis tombé amoureux, elle s'appelait Scrumpty, et je m'étais égaré du mauvais côté du chemin. Ne vous méprenez pas, je ne suis pas snob, mais Scrumpty était presque sauvage. Elle avait grandi dans les bois, elle avait des graines et des brindilles dans son pelage plein de nœuds et elle sentait les feuilles moisies.

Vraiment…

Elle avait à peu près cent frères,

sœurs et cousins. Certains passaient l'hiver dans la grange des Mellor et on les appelait « Les Sentimentaux ». Je n'ai jamais su où dormait Scrumpty, mais une chose est sûre ce n'était pas une sentimentale. Son sifflement était terrifiant et ses griffes malveillantes. Elle me suivait partout, ricanant avec ses copains. Elle se payait ma tête, ce n'était pas très gentil.

Un jour, je lui offre un joli jouet pour chat, flambant neuf. Elle tourne un peu autour, et me demande de m'approcher : elle veut me confier un secret.

Je m'avance et elle me rote dans l'oreille.

Très fort.

Horrible !

Lors de notre dernier rendez-vous, je la rejoins dans les bois et je la trouve le ventre en l'air, étendue sur un tronc d'arbre, la tête pendante.

Effrayé, je miaule :

– Scrumpty ? Scrumpty ? Tu vas bien ?

Pas un de ses poils ne bouge.

Inquiet, je la pousse un peu.

Rien, pas le moindre signe.

Je lance un miaulement désespéré. Je la crois morte. Morte ! Ma bien-aimée ! Étendue là, après une si courte vie ! Si jeune ! Si belle (mis à part son pelage plein de nœuds et hérissé de brindilles.) Que vais-je devenir ?

Je me penche pour un dernier gentil coup de museau.

Ses yeux s'ouvrent en grand.

– Je t'ai bien eu ! Tu t'es fait avoir, Tuffy ! Ha ! Ha !

Je n'ai pas du tout apprécié. Je me suis senti très bête et surtout, j'ai failli mourir de peur. Et mon amour pour Scrumpty s'est arrêté net.

7

Mon dernier coup de pagaie
dans l'océan de l'amour

La quatrième et la dernière dont j'ai été amoureux s'appelait Mellie. Ça n'a pas duré longtemps.

– Tu veux rester sur le mur ou aller miauler à la lune ? je lui propose.

– OK, allons-y, elle répond.

J'attends un peu et puis je m'ennuie, alors je propose :

– Tu veux aller chasser des loirs près du canal ?

– OK.

On part en randonnée jusqu'au

canal. Elle ne dit rien. Elle me regarde. Je coince un ou deux loirs. Ils ont tellement peur que ce n'est pas drôle, je les laisse partir.

— Je m'ennuie. On va retrouver la bande ?

— OK.

La bande est partie jouer à des jeux super comme *Chatière à entrée non autorisée* ou *Faire peur aux enfants*. (Celui-là, c'est quand vous faites grincer vos griffes sur la fenêtre de la chambre d'un enfant pour lui faire croire qu'un monstre l'attend dehors.) Impossible de savoir où sont mes copains. Alors, je rejoue les amoureux et je raccompagne Mellie chez elle. On se sépare devant la fenêtre de sa salle de bains.

— Tu veux sortir demain soir ?

— OK.

À notre troisième rendez-vous, je regarde Mellie longuement. « Elle n'a rien dans la tête. Elle n'a rien à dire. Elle n'a aucune conversation. Son cerveau est vide. »

Je fais un dernier test :

— Tu veux jouer à *Celui qui reste le moins longtemps sur la rocade est une mauviette* ?

— OK.

— Et après, on peut aller dans la grange d'Eliot Farmer et boire toutes les bouteilles décorées de tête de mort ?

— OK.

Je n'en reviens pas.

Mais qu'est-ce qui se cache entre

ses deux charmantes oreilles ? Un grand vide ?

Et puis, je lance pour ne plus avoir aucun doute :

— On pourrait jouer sur cette clôture branlante qui entoure la maison du pitbull un peu plus loin dans la rue et voir de quel côté elle penche, vers le jardin « dangereux » ou vers la rue « pas dangereux » ?

— OK.

— Tu veux que l'on arrête là ?

— OK.

Je la raccompagne donc chez elle. Voici mon dernier coup de pagaie dans l'océan de l'amour.

8

Tuffy cœur de pierre

Repenser à tout ça, me donne des frissons.

– Tu sais Tiger, j'ai un cœur de pierre alors j'ai du mal avec les choses douces de la vie. Et puis, tu sais, mon pote, un cœur de pierre c'est mieux ! L'amour, c'est fini pour moi. Pour toujours.

Il me regarde amusé.

– Attends un peu que ça te retombe dessus !

– Oui, le jour où les toilettes

extérieures de la ferme de Jack sentiront la primevère, je lui réponds d'un air moqueur.

Tiger ne m'écoute pas. Il regarde la maison derrière moi. Les locataires ont déménagé il y a quatre semaines. Le jardin est une véritable forêt vierge.

Tout à coup, Tiger reprend la conversation sur un ton amusé :

— Tu n'étais pas amoureux d'une belle dame chat au pelage noir brillant et aux yeux dorés ?

— Coco, je soupire. C'était il y a bien, bien longtemps. C'était une dame exceptionnelle.

Tiger me regarde de plus en plus amusé.

— Tu es sûr que tu ne retomberas

jamais amoureux ? (Il jette encore un coup d'œil vers le jardin.) On parie ?

Je suis sûr de moi.

— Bien sûr ! Tuffy cœur de pierre ne tombera jamais, jamais plus amoureux.

— Pas la peine de jurer pour toujours, précise Tiger, une promesse de trois jours suffira.

— Tu es prêt à perdre ? Et on parie quoi ?

— Ce que tu veux, Tuffy. Ça n'a pas d'importance puisque tu n'as aucune chance de gagner.

— C'est toi qui le dis. Qu'est-ce qui me ferait plaisir à part n'avoir rien à faire pendant trois jours, si ce n'est traîner dans mes endroits pré-férés, mon train-train quotidien ? (Et puis tout à coup, j'ai une idée.) Une priorité sur la gamelle de Phoebe.

Laissez-moi vous expliquer : Phoebe est la chatte gris cendré qui vit chez madame Wetherby, au bout de la rue. On pense que madame Wetherby perd un peu la tête. Chaque soir, elle sert à Phoebe une pleine gamelle de saumon bio poché. Une pleine gamelle ! Tous les soirs !

BEURK

Le plus drôle c'est que Phoebe n'aime pas le saumon. Je sais ! C'est bizarre, non ? Elle n'a jamais aimé et n'aimera jamais. Alors quand Phoebe a faim, elle va à côté, chez monsieur Fallowfields, passe par la chatière et mange la gamelle de Fluffball.

Et que mange Fluffball ? Eh bien, Fluffball n'est pas dérangé par la nourriture en boîte. Il aime ces trucs. Aussi, quand les Harrissons partent se coucher, Fluffball se faufile par leur chatière et mange la gamelle d'Hector. Alors qu'Hector a tendance à se rendre chez monsieur Patrick pour manger.

Personne ne mange dans sa maison me direz-vous !

C'est vrai, peu d'entre nous. Sweatpea est sage, elle mange chez elle. Alfie aussi. Mais, j'avoue que dès qu'ils ont éteint les lumières, la plupart d'entre nous partent en promenade vers une maison que l'on a choisie. J'en connais un désagréable qui a installé une chatière électronique qui ne laisse entrer que son propre chat. Mais celui-ci s'est enfui, et depuis, il n'y a plus rien à manger.

La maison de la vieille madame Wetherby est le meilleur endroit pour dîner. Jusqu'à maintenant, Tiger et moi avons gardé le secret, autrement, on aurait collé 5 étoiles sur la porte de derrière. On y va gentiment, en respectant une certaine rotation. Sinon, le premier sur place mange tout ce qui lui fait envie et comme c'est tellement bon, il ne reste plus rien pour celui qui arrive après.

Pauvre Tiger ! Il a une passion pour le saumon bio poché. Il est très secoué par ma proposition.

– Une priorité sur la gamelle de Phoebe pendant combien de temps ?

– Puisque tu as l'air sûr que je vais perdre mon pari, on n'a qu'à dire pendant une semaine ?

Là, il est carrément en état de choc.

– Tu veux dire la priorité sur la gamelle de Phoebe pendant une semaine entière ? (Et tout à coup, il se reprend.) Tu as raison, je n'ai rien à craindre, tu vas perdre. Alors, oui, tope là, le pari de Tuffy retombe amoureux est lancé !

TAP

9

Roulade arrière

On venait juste de toper quand Tiger me conseille de me retourner.

Je regarde derrière moi.

Coco! Coco est de retour dans son ancienne maison et son ancien jardin!

Elle est assise sur le porche, devant l'entrée. Ses yeux dorés brillants, son pelage noir de jais, ses jolies petites oreilles pointues… Elle n'a pas changé.

Mon cœur fait une roulade arrière.

Alors OK, enroulez-moi dans une pâte brisée et mettez-moi à cuire au four thermostat 8 : je pousse Tiger qui tombe dans une poubelle pleine de boîtes de conserve. Mais il l'a bien cherché. Le temps qu'il remonte sur le mur, j'ai pu me ressaisir.

– Pourquoi t'as fait ça ? ronchonne Tiger qui enlève des bouts de spaghettis de ses poils et qui essuie ses pattes pleines de gras et de vinaigre.

Comme je suis un compagnon sympathique, j'attrape un grain de maïs moisi accroché à son oreille.

— Désolé, un faux mouvement. J'ai perdu l'équilibre et je suis tombé sur toi.

Tiger n'est pas un idiot.

— N'importe quoi ! Tu es fâché parce que tu l'as vue !

J'ouvre des yeux comme des soucoupes.

— Qui ?

— Tu sais bien.

Il se tourne pour la pointer du doigt, mais par chance Coco est rentrée chez elle.

Mon cœur se calme, et je réponds tranquillement :

— Je ne vois personne.

— Elle était assise là, il y a deux secondes, c'est sûr que tu l'as vue.

— Qui ?

– Coco! Cette dame chat dont tu étais fou amoureux.

– Je ne m'en souviens pas, je dis avec une petite grimace.

– Mensonge! me coupe Tiger. Tu l'adorais, tu parlais d'elle tout le temps.

– Je pense que tu confonds, ça ne me ressemble pas du tout.

– Je sais, mais tu étais sous le charme. Le problème, c'est que tu as attendu trop longtemps et le jour où tu as voulu lui déclarer ta flamme, sa famille a déménagé.

– Vraiment?

Tiger perd patience.

– C'est ça, nie tout en bloc si ça t'amuse! Tuffy, si tu es capable de rester trois jours à quelques pas d'elle sans retomber amoureux, j'avale mon bol à eau !

— Bonne idée, je réponds méchamment. Fais ça parce que tu ne verras plus la couleur du saumon de Phoebe. Je vais gagner le pari.

Et je pars à grands pas.

Arrivé chez moi, je file dans la chambre d'Ellie et je craque. Ellie est à l'école, ça tombe bien. Elle m'aurait pris pour un dingue.

J'arpente la chambre en criant :

— Coco ! Coco ! Coco, mon amour ! Mon amour !

Tous les petits trésors d'Ellie volent quand je passe à côté, mais je le remarque à peine. Tous les souvenirs se cassent. L'étagère de bibelots s'écroule !

Le sol est entièrement recouvert de choses cassées, je ne peux plus circuler librement. Je saute dans le placard, je pousse les piles de vêtements par terre et j'aperçois mon reflet dans le miroir.

J'en ai assez ! J'attrape les rideaux, je grimpe jusqu'au plafond et je me jette sur le lit. Je recommence des dizaines et des dizaines de fois.

Je me calme un peu. Je m'allonge sur le lit et je souris béatement :

– Coco ! Coco ! Mon tendre amour ! Reviens-moi !

Je rêve à notre vie future. Je nous imagine dans un champ de renoncules rougeoyantes. Des oiseaux bleus chantent. Le soleil brille. Des nuages dodus nous sourient.

J'avance une patte vers elle, elle avance une patte vers moi…

Et puis, je songe à un épisode où je sauverais la vie de Coco. On est tous les deux, près d'une rivière tumultueuse. Coco glisse. Sa tête disparaît sous l'eau. Je saute sans la moindre hésitation. Avec bravoure, je nage vers elle, je l'attrape par la peau du cou et je la remonte à la surface, je la dépose sur la rive.

– Tuffy, murmure-t-elle, mon héros, si fort, si courageux, si bien-veillant !

Et puis, je nous vois quelques années plus tard, avec des chatons. Un panier plein de chatons. Certains noirs de jais comme Coco. D'autres, partagent mes belles couleurs et

rayures. Et toute notre progéniture
est intelligente et fougueuse, magni-
fique et gentille. Nous sommes la
famille idéale.

Qui aurait pu nous promettre
une si belle vie?

Oui, qui ?

Pas la mère d'Ellie, c'est sûr. Elle passe la tête par la porte d'Ellie et me voit sur le lit.

Puis, son regard fait le tour de la pièce.

OK, OK ! Enlevez-moi de la liste des animaux domestiques promis aux premières marches des podiums. La chambre est en bazar, certes. Plein d'objets ridicules sont cassés. Les rideaux ne sont plus qu'un enchevêtrement de fils. Les vêtements d'Ellie sont sales et froissés. Les livres sont tombés de l'étagère et certains sont cornés. Le dessus-de-lit est recouvert de poils.

Mais est-ce une raison suffisante pour que Madame-Non-Mais-

Regarde-Ce-Que-Tu-As-Fait m'attrape par la peau du dos et me jette dehors, sous la pluie ? Pourtant, c'est ce qu'elle fait.

On lit toujours ça, dans les livres : *L'amour fait souffrir.* Et dans les chansons aussi : *L'amour, ça fait mal.*

10

Juste toi et moi

Je boude dans le cabanon. Il pleut trop pour partir à la recherche de Coco. (Personne n'a envie d'être fripé et débraillé pour aller à la rencontre de son amour.) Je réfléchis à ce que je vais lui dire.

Je pourrais lui proposer une sortie. Ce n'est pas le genre à avoir envie de jouer à *Chatière à entrée non autorisée, Faire peur aux enfants,* ni même au *Premier qui envoie le coléoptère dans la bouche d'égout.*

On devrait faire quelque chose de plus sérieux…

Je devrais l'inviter à dîner. Oui ! Ça, c'est une proposition digne d'un chat stylé comme moi, envers une dame chat gracieuse comme Coco.

Mais où ? Pas dans la forêt, c'est sûr. Scrumpty pourrait nous faire une farce et nous sauter dessus, et la plupart des mulots morts qui traînent ne sont pas frais.

Chez moi ? Cette semaine Monsieur Oh-Cette-Semaine-On-Ne-Fait-Pas-Les-Courses me sert des boulettes de poulet périmées. Coco détesterait ça. Je n'y touche pas, à ses boulettes. J'envoie ces trucs sous le frigo, hors d'atteinte, par pure malveillance.

Non, chez moi, ce n'est pas idéal.

Le saumon bio poché ! Voilà qui serait parfait. Un dîner romantique, devant le poêle de madame Wetherby.

Je compte sur mes doigts. Est-ce que c'est mon tour de profiter de la gamelle chic ? Ou c'est celui de Tiger ?

Mince ! C'est le tour de Tiger.

Mais demain, madame Wetherby et Phoebe sont invitées chez sa sœur. Il n'y aura pas de douces braises, et la gamelle de Phoebe sera vide.

Et le soir suivant, ça sera encore le tour de Tiger, on a échangé un soir la semaine dernière et je lui dois un tour.

Donc, ça fait trois jours. Trois

jours avant que je puisse toucher à nouveau le saumon. Ça me donne une idée. Je repense à ce que m'a dit Tiger : «Tu as attendu trop longtemps la dernière fois. »

Et supposez que j'attende encore…

J'ai survécu à la longue absence de Coco quand sa famille est partie à Huddersfield. Pourquoi ne pas pouvoir patienter encore trois petits jours ? En attendant, je fais comme si Coco ne m'intéressait pas. Je vais berner Tiger, Snowball et Pusskins. Je ne suis pas du genre à montrer mes sentiments en geignant, ricanant, roucoulant comme Bella, à chaque fois que Jasper passe devant elle à fière allure.

Non, très peu pour moi. Je vais rester cool. Je vais gagner le pari, et samedi sera mon premier tour de saumon. J'entrerai discrètement chez Coco, je la rejoindrai sous le porche et je lui demanderai : « Que dirais-tu d'un dîner classe ? Juste toi et moi. Que penses-tu d'un saumon bio poché devant un bon feu ? »

Elle me regardera et elle dira : « Du saumon bio poché ? Tu es sérieux ? »

Je lui répondrai : « Oui, très sérieux. Suis-moi si tu veux. »

Et ça sera le début d'une histoire merveilleuse, parce que pendant une semaine nous dînerons tous les deux dans la cuisine de madame Wetherby. On fera connaissance. Je lui raconterai mes exploits. Elle me confiera quelques secrets.

Le samedi suivant, ça sera de nouveau le tour de Tiger, bien évidemment. Mais d'ici là, je serai assez à l'aise pour lui proposer un peu de nourriture en boîte, des boulettes de poulet périmées pour changer. Chez moi ?

Nous serons déjà si amoureux que l'odeur épouvantable des trucs qui pourrissent sous le frigo ne nous dérangera même pas.

Voilà un excellent plan !

11
Pas très ponctuel…

Accrochez-moi des rubans roses et appelez-moi *La grande Sissi,* oui, je n'ai pas eu le courage d'être là au moment où Ellie a découvert, en rentrant de l'école, sa chambre dévastée.

Et je ne pouvais pas aller rejoindre la bande : je ne me fais pas confiance si on croise Coco.

J'ai attendu la fin d'une averse et je suis parti dans la forêt.

Devinez qui j'ai rencontré ?

Scrumpty. Elle était assise sur la même bûche, celle où notre amour s'était éteint.

— Scrumpty ! Quoi de neuf ? Tu as l'air triste. Tu veux venir avec moi sur la vieille voie ferrée, on se cache dans le tunnel et on fait peur aux promeneurs ?

— Non merci, peut-être une autre fois.

— On pourrait aller au bord du canal et chasser les mulots ? Tu as toujours été très forte pour ça !

— Non, pas maintenant, Tuffy.

— Tu préfères rester là, à broyer du noir ?

— Je ne broie pas du noir, j'attends.

— Tu attends quoi ?

– Un rendez-vous. Mais il a deux heures de retard.

– Pas très ponctuel… Je le connais ?

– Peut-être.

– Qui ?

– Jasper.

– Jasper ? (J'allais conseiller à Scrumpty de mieux choisir ses fréquentations, mais étant elle-même peu recommandable, je me suis ravisé.) Pourquoi tu perds ton temps pour cette brute ?

– Il est drôle. Et très beau.

– Jasper ? Jasper n'est pas beau.

– Mais si, il est beau. Surtout à cause d'une chose : il n'a qu'une moitié d'oreille.

– Et c'est un bon point ?

— Et il lui manque des poils à certains endroits.

— Une autre caractéristique de sa beauté…

Scrumpty n'apprécie pas mes commentaires.

— Tu es jaloux !

— De ce matou laid comme un pou ? Je ne crois pas, non ! Comment quelqu'un comme moi pourrait être jaloux d'un voyou miteux et galeux ?

Scrumpty me répond méchamment :

— Tu n'es pas beau !

Je suis un peu vexé.

— Jasper ne doit pas te trouver si merveilleuse que ça, s'il a deux heures de retard. Il est peut-être occupé ailleurs, avec quelqu'un d'autre.

Je n'aurais pas dû. Ses poils se dressent. Ses griffes sortent. Son dos s'arrondit et elle crache. Son regard est effrayant.

Je sais quand il est temps de rentrer chez soi. Le problème, c'est que je ne suis pas assez rapide.

Scrumpty me course et me mord les fesses avant que je ne disparaisse.

12

Tu n'as qu'à suivre les sanglots

On ne m'accueille pas à bras ouverts. Monsieur Quelle-Honte-J'espérais-Que-Tu-Étais-Parti-Définitivement m'attend sur les marches.

— Tu pensais rentrer discrètement ? Je tiens à te dire que tu n'es pas le bienvenu.

Je lui jette mon coup d'œil habituel et je rentre la tête haute.

— Oui, c'est ça ! Et si tu as oublié où est la chambre d'Ellie, tu n'as qu'à suivre les sanglots.

Facile! Ellie fait un bruit épouvantable. Un mélange de gémis-
sements, de reniflements et de mou-
chages. Je n'ose pas regarder.

Elle est assise au milieu de toutes
ses affaires cassées, elle pleure. À
chaque fois qu'elle attrape un bout
de bibelot, elle pleure encore plus
fort.

— Mon si joli petit cheval de
verre! Mon pot de sables colorés!
Ma poupée en porcelaine!

Oups! Je ne pensais pas avoir fait
autant de dégâts.

Je bats vite en retraite. Qu'est-ce
que je vais faire? Je peux redescendre
et affronter Monsieur Je-N'ai-Jamais-
Aimé-Ce-Chat.

Ou alors je passe vite devant la

porte et je file me cacher dans le placard à serviettes de la salle de bains.

J'opte pour le placard… à pas de velours. Il s'en est fallu d'un cheveu pour que je me retrouve en sécurité, mais Ellie m'a vu.

— Tuffy !

Je m'arrête net. Elle se précipite sur moi, elle me serre dans ses bras.

— Oh Tuffy ! Comment as-tu pu faire ça ? Tout ce que j'aime est cassé ! Encore heureux que je t'aime encore plus ! Je te pardonne.

Quoi ?

Et moi qui pensais qu'elle me serrait si fort parce qu'elle était en colère. Je n'aurais jamais pensé que c'était de l'amour.

OK. OK. Condamnez-moi définitivement à un sourire stupide et traitez-moi de fleur bleue. Je suis terriblement ému. Elle a touché mon cœur. Je lève mon museau pour me frotter à Ellie. Voilà une véritable amie, généreuse, clémente, la gentillesse personnifiée.

Je sais où je vais passer la première nuit de mon pari. Comment envisager une seconde de sortir pour jouer à *Chatière à entrée non autorisée* ?

C'est impossible. Ellie est si fidèle, je dois l'être aussi.

Je passe la nuit sur le lit d'Ellie, collé à ma clémente maîtresse.

Toute la nuit je rêve de Coco. Le matin, je meurs d'envie d'aller lui dire bonjour. Mais, il y a un risque

que je tombe sur Tiger et la bande. Il leur a parlé du pari, c'est sûr. Ils vont me surveiller de près. Si je parle à ma bien-aimée, ils seront sur le mur, leurs pattes accusatrices pointées sur moi. J'imagine leur triomphe :

— Regarde ! Tuffy est amoureux !

— À sa façon de regarder Coco, ça se voit tout de suite !

— Et il se colle à elle !

— Il a perdu son pari !

Pas question, je dois rester loin d'elle.

Et Monsieur Tu-Vas-Me-Le-Payer-Pour-Les-rideaux-D'Ellie-Que-Tu-As-Massacrés va me faciliter la tâche.

À l'instant où Ellie part à l'école, il m'enferme dans le placard sous l'escalier. Plus tard, il dira à Madame Oh-Comment-Une-Chose-Pareille-A-Pu-Arriver ? que c'était un accident. Moi, je sais que non, j'ai senti son pied sur mes fesses. Je sais qu'il m'a poussé !

Pourtant je me suis défendu, j'ai attaqué ses chaussettes. Il ne les mettra plus jamais, à moins qu'il apprécie de marcher en traînant un amas de fils de coton derrière lui. Et sa cheville est écorchée.

Après m'avoir enfermé dans le placard, il claque la porte de la maison.

Pas d'inquiétude. Dès que je vais appeler à l'aide, Madame Mais-D'où-Vient-Cet-Atroce-Miaulement ? va arriver en courant et me libérer. Je ne veux pas laisser croire au père d'Ellie que ça m'embête d'être là. Je m'assois dans le noir et j'attends.

Il est plus intelligent qu'il en a l'air. Il a choisi le jour où la mère d'Ellie est partie au spa. (Vous voulez que je vous dise ce que c'est qu'un spa ? Je ne suis pas un grand fan de l'eau. Je crois qu'un spa c'est un endroit avec des bains chauds, des bains de vapeur, et tu payes quelqu'un pour te passer de l'huile qui sent bon dans le dos.)

Je suis coincé ici pour la journée.

Tout seul. Pas la peine de hurler, il est parti dans son jardin partagé pour pailler ses légumes. (Pareil ? Vous voulez que je vous explique ce que c'est pailler ? Je ne mange pas de légumes. Je crois qu'on fait un truc avec le crottin de cheval et l'herbe coupée que l'on disperse sur ses légumes pour qu'ils poussent mieux et plus vite.)

Je ne vais pas perdre ma journée. Je répète une chanson que j'ai entendue à la radio :

Fais tomber tes baisers comme des gouttes de pluie

Si tu veux que mon amour grandisse.

Snwoball, Tiger, Pusskins et moi, on riait tellement en écoutant cette chanson ! On faisait semblant de vomir, à chaque couplet. Mais aujourd'hui, elle ne sonne plus pareil. Elle est romantique, charmante. Parfaite pour chanter la sérénade à mon nouvel amour.

Je trille à merveille. Je la chante à la perfection quand Madame Je-Suis-Belle-Et-Détendue revient du spa. Elle gare sa voiture juste devant la maison et je susurre les dernières notes de *Fais tomber tes baisers comme des gouttes de pluie.*

La clé tourne dans la serrure et elle crie :

– C'est quoi ce bruit épouvantable ? Tuffy ? C'est toi ?

La porte du placard s'ouvre. Elle est là, rose et vaporeuse.

– Oh mon pauvre Tuffy !

Enfermé dans le noir ! Je comprends mieux ces miaulements atroces !

Miaulements atroces ? C'est ça !

Je préfère me retirer sans un mot.

13

Fais tomber tes baisers
comme des gouttes de pluie

Le lendemain, j'ai manqué de patience. (OK, rattrapez-moi par la queue. Ce que je veux dire c'est que je n'en pouvais plus d'attendre, je voulais voir Coco.) Même si je dois encore patienter un jour avant de pouvoir offrir à Coco du saumon bio poché, je me contenterai de la regarder à travers la haie. Je l'adore de loin.

Elle n'est pas là. Snowball et

Fluffball jouent à *Qui fait le plus de bruit sur la plaque d'égout.* Mais aucune trace de ma belle Coco.

Je ne veux pas leur demander s'ils l'ont vue, de peur qu'ils pensent que je suis amoureux et qu'ils le répètent à Tiger. Alors je lance juste :

— Salut ! Il reste de la place ?

— Plus on est de fous, plus on rit ! répond Snowball. Tu es particulièrement le bienvenu Tuffy, car sans toi, on n'arrive pas à faire suffisamment de bruit sur cette plaque !

— Ma botte secrète ! je note modestement.

— Plutôt ta masse imposante ! dit Fluffball.

Je les entends pouffer. Je les rejoins sur la plaque d'égout et on passe un bon moment à la faire trembler. J'aperçois Jasper qui remonte la rue.

— Attention les gars ! Quelque chose d'horrible s'approche de nous, je murmure.

Jasper vient traîner tout près. Quand il passe devant nous, il murmure à son tour :

— Attention, il va pleuvoir !

Et il me crache dessus, comme à chaque fois.

— Jasper est vraiment grossier, me dit gentiment Snwoball.

— Oui, approuve Fluffball. Un compagnon idéal pour Scrumpty. Elle est grossière, elle aussi.

— Je pense que leur histoire est finie, je leur avoue. Hier je l'ai croisée, elle l'attendait depuis deux heures, elle était folle de rage. (Je n'ajoute pas que Scrumpty m'a mordu les fesses. Ça n'apporte rien à l'histoire.)

— Il s'intéresse à quelqu'un d'autre, précise Fluffball.

Je secoue la tête.

— D'abord Bella. Après Scrumpty. Et maintenant une autre. Qu'est-ce qu'elles lui trouvent, à Jasper ? !

Ils pouffent à nouveau.

— Tu le sauras bientôt en croisant Coco, ricane Fluffball.

Je lance mon « Mais qui est Coco ? De qui parlez-vous ? », mais je ne suis pas sûr qu'ils soient complètement dupes.

Pas le moindre signe de mon amour pendant toute la soirée.

Tiger arrive.

— Eh Tuffy, tu veux m'accompagner chez Phoebe et me regarder manger le saumon ?

— Le meilleur est derrière toi ! Ta dernière chance de la semaine.

— C'est toi qui le dis !

— C'est toi qui le dis !

— Si tu es si sûr de gagner le pari, pourquoi tu ne t'approches pas plus de la maison de Coco ?

— La maison de Coco ? je demande. Ah oui, Coco ! Elle est partie si longtemps que j'ai même oublié son nom.

— C'est ça, cause toujours !

— C'est ça, cause toujours !

— Et on est les derniers habitants de cette planète !

— Écoute-moi bien Tiger, toi et ton pari vous êtes un peu à court de temps. Il ne reste plus qu'un jour avant que tu admettes que je ne suis pas retombé amoureux de Coco.

Ça l'énerve un peu.

— Est-ce que tu l'as vue depuis qu'elle est revenue ?

— Peut-être que oui, peut-être que non, je ne sais plus trop bien.

Tiger part fâché chez Phoebe. Quand je suis vraiment sûr qu'il n'est plus là, j'essaye de rentrer chez moi. Impossible, mes pas m'entraînent dans l'autre sens.

De plus en plus près de la maison de Coco.

À travers la haie.

Sur sa pelouse.

Sous ses fenêtres.

À quoi bon répéter une chanson romantique si vous ne la chantez à personne ? Je gonfle ma cage et je laisse ma voix s'envoler. J'ai oublié les paroles mais j'en invente des nouvelles au fur et à mesure.

Fais tomber tes baisers comme des gouttes de pluie

Si tu veux que mon amour grandisse

Comme une carotte géante,

Ou une très grosse courge.

Tu dois venir te blottir contre moi

Si tu ne veux pas que mon amour s'envole

Avec les douces brises de l'été,

Ou le vent glacé de l'hiver.

Tu dois…

Je me tais. Une fenêtre s'ouvre. Ô joie ! Ma Coco va se pencher à sa fenêtre !

Non, une botte en caoutchouc vient m'assommer.

La quête de l'amour véritable n'est pas un long fleuve tranquille. Je rentre chez moi.

14

Une pluie de petits cœurs roses et argentés

Le dernier jour du pari, je suis nerveux. Afin de patienter jusqu'au soir et m'ouvrir l'appétit pour mon dîner romantique, je pars en promenade.

Devinez qui je rencontre ? Tamara ! Perchée sur un arbre.

– Occupée ?

– Ça ne se voit pas ! On est toujours occupés, me répond-elle avec méchanceté.

Elle agite une patte. Je regarde dans sa direction. Perché, tous les trois arbres, un chat. Le mouvement *Les droits du chat* est de sortie.

— Vous faites quoi ?

— Ça ne se voit pas ? On manifeste.

— Comment voulez-vous qu'on le sache ? Vu d'ici, vous êtes juste des chats perchés.

Tamara n'apprécie pas. D'un ton très désagréable, presque en me crachant dessus, elle conclut :

— Parle pour toi. Tu es débile.

— Ce n'est pas la peine de t'en prendre à moi, c'était juste pour aider. (Je pourrais ajouter : tu devrais discuter avec Jasper de l'impasse Hugget, je suis sûr que vous allez bien vous entendre. Mais je préfère continuer ma promenade.)

Au croisement suivant, j'aperçois Mellie. J'ai compris, c'est la semaine où Tu-tombes-Par-Hasard-Sur-Tous-Tes-Anciens-Amours.

— Salut Mellie. (Elle ne répond pas tout de suite.) Tu as envie d'aller te promener ?

— D'accord.

C'est trop tentant.

— Au bord du canal ?

— D'accord.

C'est la malice qui me fait parler.

— Au milieu de la vase et des mauvaises herbes ?

— D'accord.

— Et des bouteilles en verre cassées ?

— D'accord.

— Et ensuite je t'enfoncerai la tête sous l'eau ?

Je n'attends pas sa réponse. Je reprends mes esprits, je tourne les talons et je file.

Les deux heures suivantes, je m'installe sur le mur de l'école. Quand Ellie sortira, j'aurai gagné mon pari. Tiger est inquiet, l'horloge tourne… Il me cherche partout. Il passe juste sous le mur.

Je m'aplatis pour passer inaperçu. Dès que je pense qu'il est assez loin, je me redresse.

Il est toujours là.

J'espère qu'il ne m'a pas vu. Je m'allonge à nouveau.

— Qu'est-ce que tu fabriques Tuffy ? demande-t-il avec son ton sarcastique. Tu fais des pompes ?

Je sautille.

— Tu me connais Tiger, toujours à entretenir ma forme.

— Tu te caches loin de Coco pour gagner le pari ?

— Loin de Coco ? Pas du tout ! C'est juste que j'aime m'entraîner sur ce mur très bien exposé.

Il regarde en l'air, il regarde le sol, il regarde à droite, il regarde à gauche. Pas un rayon de soleil.

— Ça vient juste de se couvrir, je murmure rapidement.

— Comme il n'y a plus de soleil, tu peux m'accompagner rue des Acacias, ça t'évitera de tricher.

— Tricher ?

— Oui, tu vois, t'éclipser loin de nous, bien loin de la tentation.

Il me teste. Je ne discute pas.

— Je ne comprends pas ce que tu me racontes. Je te raccompagne très volontiers, mon gars.

— Super, répond-il, déçu.

Il marche à vive allure. On ressemble à deux joggers. On met deux fois moins de temps qu'Ellie, même les jours où elle est pressée de rentrer de l'école.

Et là, au milieu de la rue, Coco…

Le soleil tombe sur elle dans un halo rosé. Ses yeux dorés brillent. Sa queue fait une boucle élégante. Son air doux, gentil semble dire : «Tu es beau. J'aime ton allure. »

Je suis là, comme un idiot, incapable de dire un mot, contrairement à Tiger.

– Eh, ma Coco! Comment tu vas? (Il lui parle comme si elle était l'une d'entre nous, une vieille copine.) Regarde, c'est ton vieux copain, Tuffy. Tu ne viens pas lui dire bonjour?

Elle penche la tête joliment.

– Bonjour Tuffy. C'est toi qui jouais tout le temps à *Qui fait le plus de bruit sur la plaque d'égout* quand j'habitais là?

Je n'arrive toujours pas à parler. Bella répond à ma place.

– Oui, c'est lui, il est très bon à ce jeu.

Coco me fait un clin d'œil.

Elle me fait un clin d'œil. Et tout à coup, une pluie de cœurs roses et argentés tombe sur elle. Des clochettes tintinnabulent. L'air embaume. Je marche sur des pétales de roses.

15
Les coléoptères ! En ordre de dispersion !

— Tuffy ? Tuffy ? Tout va bien ?

Il faut que je résiste, plus qu'une heure et je gagne le pari.

— J'ai la tête qui tourne. Je crois que c'est toutes les pompes que j'ai faites tout à l'heure.

— Tu n'en as fait que deux, commente Tiger avec mépris. (Il est aussi à deux doigts de gagner son pari.) Allez les gars, venez, laissons Coco et Tuffy se parler du bon vieux temps.

Il me pousse à travers la haie et Coco me suit.

En un éclair, la bande disparaît.

Coco s'assoit et penche à nouveau la tête gracieusement.

— Tu te souviens de moi ?

Ma gorge se serre.

— Oui, je me souviens de toi ! (J'ai envie de crier : Bien évidemment je me souviens de toi. Comment oublier ta beauté, ta grâce, ton pelage soyeux et ta démarche altière ?)

Mais une fois de plus, je suis muet. La seule chose que je peux faire : la dévisager, plonger dans ses yeux dorés. J'aimerais proposer une promenade, une promenade d'amoureux pour oublier toutes ces années perdues où je l'ai aimée en vain, où elle était partie à Huddersfield. J'aimerais me perdre dans un champ de boutons d'or avec elle. J'aimerais la chérir pour un jour, pour toujours, pour…

J'entends un bruit derrière moi, dans l'herbe. C'est peut-être Tiger qui nous espionne. Je ne me retourne pas parce que Coco me parle. De sa voix mélodieuse, je l'entends murmurer :

– Eh bien, cela fait très longtemps que l'on ne s'est pas vu. Toujours au mieux de ta forme.

Elle a remarqué mes muscles quand je jouais *Au premier qui envoie le coléoptère dans la bouche d'égout*. Je penche la tête, je regarde mes pieds modestement.

– Et toujours aussi beau.

– Oh !

– Et je n'ai jamais oublié le jour où tu as si courageusement, si brillamment bondi sur cet énorme rat.

Bondir sur un rat ? Ce n'était pas moi, c'était…

Oh ! Oh ! Je me retourne.

Et il est là. Jasper! Il était juste derrière moi et maintenant il sourit d'un air satisfait. Ce n'est pas à moi que Coco parlait! Je ne suis qu'un idiot à la gorge nouée qui regarde ses pieds. Ses yeux dorés regardaient Jasper. C'était pour lui, le clin d'œil.

Je ne me souviens pas de ce qui s'est passé après, seulement que Jasper a craché loin de moi, en allant à la rencontre de Coco. J'aurais dû me réjouir, il ne m'a pas craché dessus. La pluie de cœurs roses et argentés se transforme en un brouillard de confettis gris et sales. Le tintinnabulement des cloches n'est plus qu'un cri strident. Et le sol recouvert de pétales de roses est un champ plein de bosses et de ronces.

Qui a besoin d'amour ?

Pas moi. Et si un jour je change d'avis, j'ai Ellie qui sait ce qu'aimer veut dire.

Quand j'arrive enfin à me redresser, Coco et Jasper sont partis.

Je me dore au soleil jusqu'à ce que j'entende Ellie m'appeler.

– Tuffy ! Tuffy ! Je suis là !

Elle est rentrée de l'école, donc il est quatre heures et demie. Le pari est terminé. Bien joué ! J'attends qu'elle arrête de m'appeler et je pars chercher la bande.

– Salut les gars !

Je peux vous dire que Tiger n'était pas du tout content de me voir arriver seul.

— Où est Coco ?

Je hausse les épaules.

— Je n'en ai pas la moindre idée.

Tiger s'approche.

— Vous allez vous revoir bientôt ?

— Non. Pourquoi je devrais la revoir ?

— Parce que tu es censé retomber amoureux d'elle. Parce que tu étais déjà amoureux d'elle avant qu'elle ne parte à Huddersfield. Tu étais bouleversé. Tu étais inconsolable. Et j'étais sûr qu'à la seconde où tu la reverrais ton cœur bondirait.

— Je te l'ai dit depuis le début, l'amour ce n'est pas pour moi.

— Tu bluffes ?

— Non, j'insiste. Qui a besoin d'amour ? Certainement pas moi.

Il accuse le coup. Il regarde le bitume d'un air mauvais. J'aperçois Jasper et Coco, au loin, au milieu des boutons d'or et je les regarde aussi d'un air mauvais.

— Bon, assez parlé, et je pousse Tiger. Viens ! On va rejoindre les autres et jouer *Au premier qui envoie le coléoptère dans la bouche d'égout.* (C'est vrai, ça sert à quoi de s'entraîner si ensuite on ne joue pas.)

Tiger est ronchon.

— Et comme c'était un pari de trois jours, je profite de ma victoire seulement pour trois jours.

— C'est vrai ? demande-t-il d'un air beaucoup plus joyeux. Tu ne monopolises pas la gamelle de Phoebe plus longtemps ?

— Je dirais plutôt que j'offre à un ami un gentil cadeau au saumon bio poché.

— Tuffy, tu es vraiment un bon copain. Et tu as absolument raison, personne n'a besoin d'amour.

— Bien dit. Les coléoptères ! En ordre de dispersion ! La bande arrive !

C'est parti !